[illegible]

LA COURTE

TRAGÉDIE EN UN ACT

INTITULÉE LES DEUX BISCUI

LES

DEUX BISCUITS,

TRAGÉDIE.

Traduite de la Langue que l'on parloit jadis au Royaume d'Astracan.

Et mise depuis peu en Vers François.

Le prix est de vingt-quatre sols.

SE VEND A ASTRACAN,
Chez un Libraire.

M. DCC. LIX.

ACTEURS.

GASPARIBOUL, Usurpateur du Royaume d'Astracan.

RISSOLE, Pâtissier.

ABUBEF, Princesse du Sang des légitimes Rois d'Astracan.

NADERI, Confident de Gaspariboul.

DILAZAL, Fils du feu Roi d'Astracan.

VAZIPOURS, AZINA, } Négresses suivantes d'Abubef.

LES GRANDS DU ROYAUME, la Garde du Roi & le Peuple.

La Scene se passe dans la Capitale du Royaume d'Astracan, au Palais d'Abubef.

LES DEUX BISCUITS, TRAGÉDIE.

La Scene représente une chambre à coucher, où l'on voit un lit placé entre deux portes, l'une desquelles est la porte d'entrée, & l'autre donne dans une garde-robe. Gaspariboul sort du lit & s'en va. Une Négresse entre par la garde-robe; elle a soin de fermer toutes les portes dès que Gaspariboul est sorti : elle tire de dessous le lit une grande cassette fermée à clef; après l'avoir ouverte, elle rentre dans la garde robe. Le Prince Dilazal sort de cette cassette, regarde le lit, & voit avec douleur la Princesse Abubef qui dort. Il commence la Piece par le Monologue qui suit.

SCENE PREMIERE.

DILAZAL, ABUBEF, GASPARIBOUL.

DILAZAL.

N'Es-tu point las, Destin, de me persécuter !
Aurai-je des malheurs encore à redouter ?

Un traître n'écoutant que ses chaleurs bouillantes,
A pollué ma sœur, ma mere & mes deux tantes;
Le cruel, pour remplir ses effrénés desirs,
Fit servir ma famille à ses honteux plaisirs:
Le lâche assassina mon pere par derriere;
Ce monstre à violé jusques à ma grand'mere,
En dépit de son âge & de ses cheveux blancs:
Voilà, voilà les jeux des infâmes Tyrans.
Pauvre grand'mere, hélas! dans cet affreux désordre,
Tu voulus, m'a-t-on dit, essayer de le mordre,
Mais le tems qui nous fait pic, repic & capot,
Ne t'avoit pas laissé seulement un chicot.
Il nage dans du lait, en portant ma couronne;
Son crime me l'ôta, son crime la lui donne!
Sa rage, dans ces lieux n'ayant rien de sacré,
Pere, mere, sœur, frere, il a tout massacré.
Enfin j'échappai seul: ma fidelle Nourrice
Fit si bien qu'on me crut mort d'une cicatrice.
Caché, depuis trois ans, au fond de ce Palais,
Une Princesse a soin d'appaiser mes regrets;
C'est son appartement qui me sert de retraite,
Ses chatouillans appas ont causé ma défaite;
Son cœur docile & tendre a comblé tout mes vœux.
Pour n'être point oisif, mes transports amoureux
Dans ses généreux flancs se sont plûs à construire
Deux garçons héritiers de cet auguste Empire:

Mais hier . . . ô malheur que je n'ai pu prévoir !
Pour la premiere fois le Tyran vint la voir.
Ses femmes ſur le champ me mettent en cachette
Sous ce malheureux lit, & dans cette caſſette
Où l'on tient en dépôt ſes ſales caleçons,
Ses mouchoirs à tabac, & juſqu'à ſes chauſſons :
Je me couche deſſus preſqu'à plat ſur le ventre ;
On m'enferme à la clef. Le Tyran vient, cogne, entre ;
Par un trou, je le vois s'aſſeoir dans un fauteuil,
La Princeſſe lui faire un doucereux acceuil :
Ils ont parlé tout bas, & puis plus haut ; enſuite
Il donne un certain ordre à des gens de ſa ſuite ;
Je vois mettre la nappe, apporter plus d'un plat,
Dont le goût, malgré moi, flattoit mon odorât ;
Ils ſe ſont mis à table, elle a fait la folâtre ;
Elle a chanté pour lui des grands airs de théâtre ;
Ils ont choqué le verre, à vous, tope, à vous, ſoit ;
Elle a crié, tout haut, par trois fois, le Roi boit :
Après quoi le Tyran, dans ſa concupiſcence . . . .
Ah ! ſi vous aviez eu la moindre conſcience,
Dieux! l'auriez-vous ſouffert? mon cœur faiſoit tictac :
Sur mon dos j'entendois le lit faire cric, crac :
Je n'ai plus entendu qu'un très-profond ſilence.
Ah ! Job ! Job ! viens encor vanter ta patience !

[*Il regarde la Princeſſe.*]

Tranquille dans le crime, elle ronfle en dormant.

ABUBEF, *s'éveillant, bâillant, & ſe frottant les yeux.*

Ah! cher Prince, c'eſt vous?

DILAZAL.

Oui, perfide.

ABUBEF.

Comment?

Je crois que contre moi votre bouche murmure.

DILAZAL, *ironiquement.*

J'ai grand tort en effet, & je vous fais injure.

ABUBEF.

Quelqu'un qui m'aimeroit auroit l'attention
De ſaiſir aux cheveux la belle occaſion:
Mais je vois en effet que c'eſt peine perdue
De reſter plus long-tems dans mon lit étendue.

[*Elle appelle ſes femmes.*]

Il faut donc ſe lever. Azina! mon jupon.

SCENE II.

DILAZAL, ABUBEF, AZINA, VAZIPOURS.

DILAZAL, *à part.*

O Ciel! me voir traiter comme un Colin tampon!

ABUBEF, *à ses femmes.*

Mes chaussettes, mes bas.

DILAZAL, *à part.*

La fureur me boursoufle.

ABUBEF, *à ses femmes.*

Mon pet-en-l'air, cherchez ma seconde pantoufle.
[*Au Prince Dilazal.*]
J'ai soupé, j'en conviens, avec votre Rival;
Mais vous ne devez pas m'en vouloir aucun mal:
C'est pour mieux déguiser à ce Roi si barbare
Le coup que ma fureur aujourd'hui lui prépare:
Tu verras en ce jour l'effet de mes projets,
Tu verras, contre lui, s'armer tous ses Sujets:
Ta naissance, pour eux, cesse d'être un mystere;
Et tu vas remonter au Trône de ton pere.

DILAZAL.

Et pour mieux déguiser vos desseins & vos pas,
Vous souffrez tous ses soins, Madame, entre deux draps,
Qu'il se serve de vous, comme d'un cheval barbe?

ABUBEF.

Vous osez soutenir à mon nez, à ma barbe,
Que ce monstre est venu pondre dans votre nid?
Ah! j'atteste le Ciel!...

DILAZAL, *ironiquement.*

Le ciel de votre lit.

ABUBEF.

Arrêtez, & songez, dans votre humeur jalouse,
Que dans peu je serai peut-être votre épouse.
Quelle preuve avez-vous d'un semblable forfait?

DILAZAL.

Le tapage indécent que votre lit a fait.

ABUBEF.

Voyez comme il défend sa vision cornue!
Il est cocu, dit-il, parce qu'un lit remue.

SCENE III.

RISSOLE, DILAZAL, ABUBEF, VAZIPOURS, AZINA.

VAZIPOURS, *à la Princesse.*

Rissole, Pâtissier, voudroit vous aborder?

ABUBEF.

Qu'il paroisse à mes yeux.

RISSOLE, *à la Princesse.*

Puis-je vous demander,
Si du souper d'hier votre Altesse est contente?

ABUBEF.

Oui.

RISSOLE.

Le Cervelat?

ABUBEF.

Bon.

RISSOLE.

Et la Sauce?

ABUBEF.

Excellente.

RISSOLE.

Mais vous a-t-on, Madame, averti de ma part,
De ne pas employer les Biſcuits au haſard?

ABUBEF.

Ces Biſcuits ſont-ils ceux..... je frémis..... je friſſonne,
J'entrevois des malheurs..... parlez, je vous l'ordonne.

RISSOLE.

Par vos ordres, j'avois employé tout mon art
A faire deux Biſcuits de trois ſols moins un liard.
L'un étoit compoſé de mouches Cantharides,
Qui redonnent la force aux Amans invalides;
Dans l'autre dominoit l'opium & le pavot,
Qui font, par leurs vertus, dormir comme un ſabot.

AZINA.

Oui, je les vis hier, & dans une corbeille
Les ſervant au deſſert, j'ai cru faire à merveille.

RISSOLE.

Je connois leur pouvoir, c'eſt moi qui les ai faits,
Je répondrai toujours de leurs brillans effets.

ABUBEF.

Ne m'en dites pas plus, je vois tout le myſtere,
J'ai mangé par malheur, le Biſcuit ſomnifere,
Au Tyran eſt échu celui dont la vertu
Rétablit la vigueur d'un courage abattu.

AZINA.

Au deſſert vous dormiez ſur l'une & l'autre oreille.
Je vous ai miſe au lit, j'ai cru faire à merveille.

ABUBEF.

Cruelle! falloit-il me coucher à ſes yeux!
Auroit-il contenté ſes deſirs vicieux!

AZINA.

Il m'a donné de l'or; ſors, je te le conſeille,
M'a-t-il dit: j'ai ſorti; j'ai cru faire à merveille.

DILAZAL.

Enfin je conçois tout, & ce Biſcuit fatal
N'a fait que redoubler les forces d'un Rival.

ABUBEF.

Il n'en faut point douter; dans ſa fureur cinique,

Il a saisi l'instant d'un sommeil létargique ;
Je me fusse soustraite aux ardeurs du méchant,
S'il eût eu le Biscuit de l'assoupissement ;
L'autre auroit embelli mes nuits enchanteresses,
En excitant en vous d'amoureuses prouesses.
Le destin a voulu que ma précaution
Tournât, pour ton malheur, à ta confusion.
Du bonheur d'un Rival, pour comble de misere,
Tu fus, dessous mon lit, témoin auriculaire ;
Donne-moi le trépas, & vange ton honneur
Du crime de mon corps, & non pas de mon cœur.

AZINA, *à la Princesse.*

Si j'eusse su cela, j'eusse éteint la chandelle,
Je vous aurois sauvé cette douleur mortelle ;
J'aurois pu sourdement vous couvrir de mon corps,
De ce Satyre en rut, soutenir les efforts,
La nuit tous chats sont gris ; & mon cœur vous proteste,
Qu'en dépit du Biscuit, il auroit eu son reste.

VAZIPOURS, *au Prince.*

Madame pourroit dire en cet événement,
Voilà comme les biens nous viennent en dormant.

DILAZAL.

O fatal quiproquo qui me déchire l'ame !
Eh ! bien, vous l'avez fait ſans le vouloir, Madame,
Vous êtes innocente, & j'en ſuis convaincu ;
Mais, malgré ces raiſons, en ſuis-je moins cocu ?

ABUBEF.

Non, vous l'êtes, Seigneur, rien ne vous en diſpenſe ;
Et pour mieux exciter votre ame à la vengeance,
Je vous dirai ſans ceſſe à toute heure, en tous lieux,
Qu'un rival dans mes bras a ſoulagé ſes feux ;
Ses mains ont profané cette gorge d'albâtre,
Sur ma lévre, il colla ſa lévre opiniâtre.
Quelqu'endroit, ſur mon corps, que vous puiſſiez chercher,
Vous n'en trouverez point qu'il n'ait oſé toucher.
Bien plus, qui vous a dit que dans ma létargie
Je n'aurai pas donné quelque ſigne de vie ?
N'allez point vous flatter ; vous croyez bonnement
Que pendant ſes tranſports j'étois ſans mouvement ;
Savez-vous le pouvoir qu'à ſur nous l'habitude ;
N'ayez à ce ſujet aucune incertitude ;
Ce plaiſir partagé n'eſt qu'un plus grand plaiſir :
Vangez-vous : dans mon ſang baignez-vous à loiſir,

DILAZAL.

Devriez-vous tenir un ſemblable langage?
Quoi! loin de m'épargner une ſi triſte image,
Vous vous plaiſez, Madame, à m'en entretenir?

ABUBEF.

Ah! c'eſt pour mieux forcer ton bras à m'en punir.

DILAZAL.

Oublions, croyez-moi, cette fâcheuſe hiſtoire.

ABUBEF.

Je ne pourrai jamais l'ôter de ma mémoire.

DILAZAL.

Il le faut.

ABUBEF.

Non, non, non.

DILAZAL.

Pourquoi donc?

ABUBEF.

Ah! Seigneur,
Le coup eſt trop avant enfoncé dans mon cœur.

VAZIPOURS, *regardant à ſa Montre l'heure qu'il eſt, & dit à la Princeſſe:*

Le Roi viendra bientôt.

ABUBEF, *au Prince.*

Craignons ſa jalouſie,
Rentrez deſſous ce lit.

DILAZAL.

Quelque ſot qui s'y fie,
Vous dormiriez encore avec cet inſolent,
Ou vous pourriez, Madame, en faire le ſemblant.

ABUBEF.

Par ſes ſoupçons affreux l'ingrat me deshonore,
Si j'en ſouffre de toi, juge ſi je t'adore:
Derriere ce vitrage, à gauche, m'entends-tu?
Tu nous verras en ſemble, & ne feras point vu.
[*à ſes femmes.*]
Aux regards du Tyran? je veux qu'il ſe dérobe.
Cachez-le promptement.....

VAZIPOURS

Où?

ABUBEF.

Dans ma garde-robe.
[*Au Prince.*]
Je vais t'y retrouver, laiſſe faire à mon cœur,
Tu vas y recevoir le prix de ton ardeur.
Je t'ai donné deux fils; pour prouver que je t'aime,
Je ſçaurai t'y forcer à m'en faire un troiſieme.

DILAZAL, *en s'en allant dans la garde-robe.*
A travers ce rideau je verrai votre foi.
Madame, en lui parlant, songez que je vous voi.

[*Ils sortent tous excepté la Princesse.*]

SCENE IV.

SCENE IV.

GASPARIBOUL, ABUBEF,

GASPARIBOUL, *en chemiſe, ſon manteau Royal ſur le bras, en pantoufles, en bonnet de nuit, ſa culotte & ſes bas mis.*

SUrchargé des faveurs dont votre cœur m'accable,
J'ai voulu loin de vous, objet trop déle&table,
Au ſortir de vos bras, goûter quelque repos.
Le ſommeil ſur mes yeux a verſé ſes pavots;
Mais quoique ſéparé de tout ce que j'adore,
Un ſonge à mes regards vous préſentoit encore;
De vos reins faits au tour, je touchois la blancheur;
Vos beaux yeux pétilloient d'une lubrique ardeur:
Ma Princeſſe veautroit ſon corps ſur ſa Ducheſſe,
Elle me laiſſoit voir ſa gorge de Déeſſe.
Dans ma laſciveté, j'étois à vos genoux,
Vous me diſiez, grand Roi, pour raiſon, levez-vous.
Je me leve tout droit, & dans mon trouble extrême

J'allois trop haut, trop bas..... mais vous avez
vous-même.....
Le plaisir me réveille, & ne vous trouvant pas,
J'endosse promptement ma culotte & mes bas,
Et viens, tout échauffé de l'ardeur qui me presse,
Réaliser mon rêve avec vous, ma Princesse.

ABUBEF.

Seigneur, de tant de biens mon esprit est confus,
Vous en pouvez encor, mais, moi, je n'en puis
plus,
Mon ame à vos plaisirs s'est trop associée;
Je suis lasse, il est vrai, mais non rassasiée;
Et vous verrez dans peu, sans vouloir me flatter;
Si je recule ici, que c'est pour mieux sauter.

GASPARIBOUL.

Il faut donc rengaîner jusqu'au fond de mon ame
Les preuves que j'allois vous donner de ma flamme;
Je serai toujours prêt : j'en jure vos beaux yeux,
Mon turban, mon amour, ma barbe & vos
cheveux,
Et quand vous voudrez voir l'effet de ma pro-
messe,
Vous enverrez un Page avertir Ma Hautesse.

ABÙBEF.

Non, demeurez ici; je vous quitte un moment;
On m'attend là-dedans avec un lavement;
Je n'exige de vous que le tems de le prendre,

[*en soupirant.*]

Celui de le garder, & celui de le rendre,
Et je reviens bientôt près de votre Grandeur
Par de nouveaux plaisirs confirmer mon bonheur.

[*Elle va à la garde-robe.*]

SCENE V.

GASPARIBOUL, *seul.*

DE mes rivaux jaloux puisqu'elle me distingue,
Je voudrois me changer en canon de seringue,
Ma bouche éprouveroit de charmantes douceurs
A lui pouvoir glisser ce bouillon aux deux sœurs;
Mais de ce lavement, tandis qu'on la régale,
Détaillons le bonheur de ma grandeur Royale.
Je fais très-bonne chere, & bois de bon vin vieux,
Je vous fais des cocus tout autant que je veux.
Mon Sérail composé de filles de tout âge,
Tous les premiers du mois me donne un pucelage.
A mon gré, je fais pendre un tel, ou bien un tel;
Il n'est point sur la terre un plus heureux mortel.

SCENE VI.

VAZIPOURS, GASPARIBOUL,

VAZIPOURS.

AVec ſes lavemens, la Princeſſe m'excéde,
Toujours la flûte ! ô Ciel ! je lui donne un remede,
Il entre bien d'abord ; tout ſuccede à mes vœux :
Je pouſſe doucement ; mais un vent malheureux
Dans ſon ventre commence un horrible tapage ;
Il force tout obſtacle, il ſe fait un paſſage,
Repouſſe le canon, & l'envoye *ad patres*.
Par malheur, mon viſage étoit un peu trop près ;
Je n'en dirai pas plus, & vous ſentez le reſte.

GASPARIBOUL.

Parlez-moi de plus loin, car cette odeur empeſte.

VAZIPOURS.

Les derrieres des Rois, & ceux de leurs Sujets,
Sont égaux pour l'odeur, quand ils ne ſont pas nets.
Par ma bouche, Seignèur, la Princeſſe vous prie
De l'attendre en ces lieux tandis qu'elle s'eſſuie.

SCENE VII.

NADERI, GASPARIBOUL,

GASPARIBOUL, *à Naderi qui entre.*

CEtte nuit, la Princesse a comblé mon amour;
Je prétends l'épouser avant la fin du jour;
Mon Trône s'affermit avec cette alliance.
Admire à quel dégré j'ai porté la prudence,
Je crois qu'on ne sauroit la pousser aussi loin :
De me faire cocu d'avance j'ai pris soin;
Crois-tu qu'elle refuse un semblable hymenée,
Après m'avoir donné vingt pains sur la fournée ?

NADERI.

Dans tes Etats tu fis cocus, suivant ton choix,
Artisans & Robins, & Nobles & Bourgeois.
De ces mêmes Etats il te faut faire Gille;
Tous ces cocus armés sont Maîtres de la Ville;
Ils demandent ton sang, pour te faire expier

L'honneur que tu leur fis de les cocufier.
De prudens Généraux conduifent la menée;
A chaque Révolté, chaque charge eft donnée,
Selon que le Confeil eft duement convaincu
Qu'il eft de ta façon ou plus ou moins cocu.
Leur armée eft complette, & fe range en bataille;
Que pourras-tu tout feul contr'eux tous? rien qui
vaille.
Chacun du cocuage arborant les couleurs,
L'un prend un pofte ici, l'autre là, l'autre ailleurs.
Du Sang Royal il refte un Prince légitime,
Qu'on a fauvé, dit-on, de ta rage ampliffime;
Ce bruit de main en main s'eft répandu par-tout,
Et tu n'es qu'un Bâtard de l'un à l'autre bout.
On te donne le nom de Cadet la Gingeole;
On te promet auffi plus d'une croquignole;
Pour te faire rôtir, l'un récure fon gril,
L'autre gage percer ton augufte nombril;
L'un veut à pair ou non épiler ta mouftache,
Pour t'écorcher tout vif, l'autre éguife fa hache.
Du genre du fupplice ils ne font point d'accord,
Mais ils le font du moins pour confpirer ta mort;
Il te faut déloger fans tambour ni trompette,
Et prendre malgré toi la poudre d'efcampette:
On a tenu confeil pour tirer du canon,
Tout le monde a dit oui, perfonne n'a dit non.

Ta face vainement de colere se gonfle,
Ne nous endormons point lorsque le canon ronfle.
A la moutarde ici bien loin de t'amuser,
Troques, troques, crois-moi, pour les mieux abuser,
Ton beau manteau Royal, contre cette mandille;
Vivre est essentiel, & regner est vétille.
J'apporte ici deux seaux, une sangle, un cerceau,
Il faut te déguiser, Seigneur, en Porteur d'eau.

GASPARIBOUL.

Ce récit est trop long, si la fuite est pressante,
Six Vers étoient assez, & tu m'en dis quarante.

Il ôte son manteau, & met la souguenille.

Quel revers!

NADERI.

Il est grand; je ne puis le nier.

GASPARIBOUL.

Tantôt j'étois Evêque, & me voilà Meûnier.

SCENE VIII.

LES GRANDS DU ROYAUME, LES GARDES DU ROI, LE PEUPLE, NADERI, GASPARIBOUL.

UN OFFICIER *de la Garde du Roi.*

(s'adressant au Roi.)

C'Eſt en vain pour nous fuir, que vous graiſſez vos bottes,
(à un Garde.)
Attendant la priſon, mettez-lui les menottes.
(appellant la Princeſſe par la porte vitrée.)
Princeſſe ! du feu Roi, faites-nous voir le fils;
Vous voyez des Sujets qui lui ſeront ſoumis.

GASPARIBOUL.

[*à Naderi.*]
Vois-tu, bourreau ! vois-tu que ſans ton verbiage,
J'aurois eu le loiſir d'échapper à leur rage ?

NADERI.

Je l'ai bien fait exprès, Seigneur, & chaque mot,
Par dégré, vous rendoit à chaque inſtant plus ſot.

Crainte, rage, douleur, effroi, défefpoir, larmes,
Frayeur, fureur, chagrin, tranfport, terreur, allarmes,
De vos regards émus, s'emparoient tour-à-tour,
Et votre ame, à mes yeux, fe montroit à plein jour:
Je voyois allonger votre Royale face,
Et prenois grand plaifir à voir votre grimace:
Vous allez, de malheurs, fans ceffe être affailli,
Et vos pieds, à la fin, font dans le margouilli.

SCENE IX & derniere.

ABUBEF, DILAZAL, GASPARIBOUL, NADERI, VAZIPOURS, AZINA, RISSOLE, *Les Grands du Royaume, les Gardes du Roi, & le Peuple.*

ABUBEF.

Le Tyran n'eſt plus Roi, Peuple, voici le vôtre;
Et voilà tôt ou tard, comme un clou chaſſe l'autre.

Tout le Peuple & les Grands, fléchiſſent le genou devant DILAZAL, *pour témoigner qu'ils le reconnoiſſent pour leur Roi.*

DILAZAL, *à la Princeſſe.*

Je régne donc enfin! c'eſt le prix de vos ſoins;
D'un cœur reconnoiſſant, qu'ils ſoient tous les témoins;
[*au Peuple.*]
Je l'épouſe à vos yeux, ſans nulle ſimagrée,
Elle m'a fait deux fils d'une ſeule ventrée;
Peuple, conſentez-vous qu'ils ſoient légitimés?

CHŒUR DU PEUPLE.

Nous les adorerons comme vous les aimez.

GASPARIBOUL, *se parlant à soi-même.*

Me faudra-t-il aller du Trône à la Potence?

DILAZAL.

De ce Tigre infernal, prononçons la Sentence.
[*à Gaspariboul.*]
Pour prix de tes forfaits, tu t'attends à la mort;
Mais ma haine te garde un plus funeste sort.
[*à ses Gardes*]
Qu'on sépare de lui ce don de la Nature
Qui sert à fabriquer notre humaine structure;
C'est par cet endroit-là qu'il nous offensa tous,
Qu'on extirpe ce bien dont il fut si jaloux;
De sa postérité qu'on tarisse la source.
Que pour lui, le bourreau, soit un coupeur de bourse.
Qu'une cage de fer soit son appartement;
Qu'au chevet de mon lit, il voye incessamment,
Dans mes draps, dans mes bras, cette jeune Princesse
Que je veux accabler du poids de ma tendresse;
Que privé de plaisirs, il regrette à jamais,
Et tous ceux qu'il a pris, & tous ceux qu'il a faits.

[*On emmène le Tyran.*]

ABUBEF.

Que j'approuve, grand Roi, cette ſage conduite!
Vous avez bien trouvé la peine qu'il mérite.
Travaillez ſans relâche à ce grand châtiment;
Puiſſions-nous le punir, Seigneur, à tout moment.
Trop heureuſe en cela d'être votre complice,
Je brûle de vous voir commencer ſon ſupplice.

DILAZAL.

Oui, nous allons ſonner cet amoureux tocſin.
[*à part.*]
Que la vengeance eſt douce à l'eſprit féminin!

DIVERTISSEMENT.

Quatre Chaudronniers aménent le Tyran dans une cage de fer, le nouveau Roi chante le couplet suivant, adressant la parole au Peuple.

DEvant lui que chacun passe,
En ôtant son caudebec;
Chantez-lui de bonne grace,
En faisant salamalec;
Mi mi, fa ré mi,
Chantez, mon petit,
Mi mi, fa ré sol,
Chantez, Rosignol.

Il se fait une marche comique autour de la cage, & l'on chante en Chœrus: Mi mi fa ré mi, &c.

LA PRINCESSE, *au Tyran.*

Cette nuit, d'un grand courage,
Tu tranchois du franc moineau;
Mais un si joli ramage
Pour jamais est à veau-l'eau:
Mi mi, fa ré mi, &c.

On danse.

Une des Confidentes de la Princesse.

Il n'a pas sujet de rire
Dans l'état où le voilà :
On a beau faire & beau dire,
Jamais il n'entonnera,
Mi mi, fa ré mi, &c. *On danse.*

La seconde Confidente de la Princesse, au Parterre.

Voici la fin de la piéce,
Notre Auteur bien inquiet,
Du fond de son cœur adresse
Cette priere au sifflet,
Mi mi, fa ré mi,
Dormez, mon petit,
Mi mi, fa ré sol,
Dormez, Rossignol.

NADERI, *au Parterre.*

Mais, Messieurs, si son ouvrage
Trouve grace devant vous,
Prouvez-lui votre suffrage,
En répétant avec nous,
Mi mi, fa ré mi,
Chantez, mon petit,
Mi mi, fa ré sol,
Chantez, Rossignol. *On danse.*

FIN.

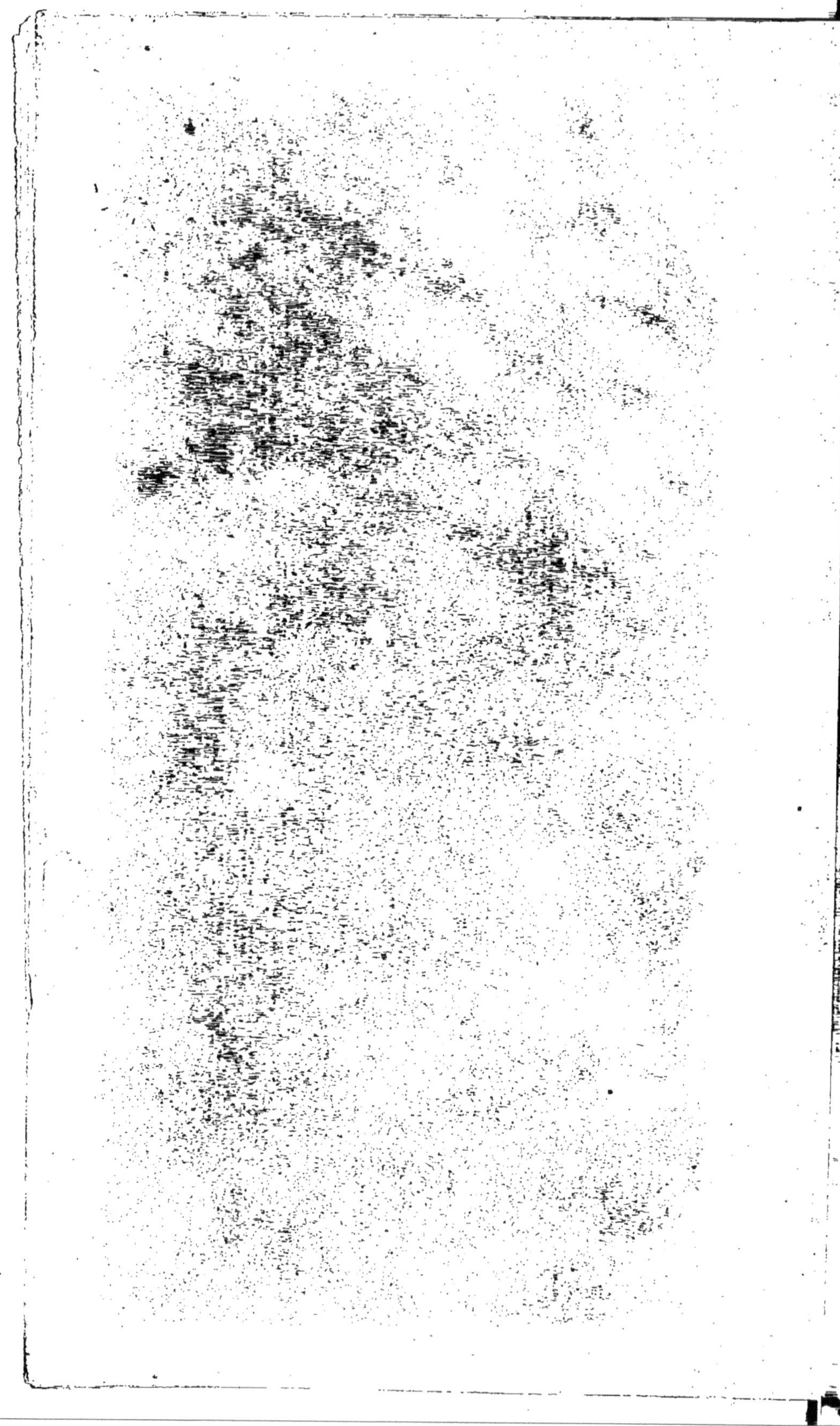

T S

BIBLIOTHEQUE NATIONALE DE FRANCE
3 7531 04325634 7

www.ingramcontent.com/pod-product-compliance
Ingram Content Group UK Ltd.
Pitfield, Milton Keynes, MK11 3LW, UK
UKHW020415220726
13923UKWH00004B/1966

9 782019 623531